RUNAWAY RADISH

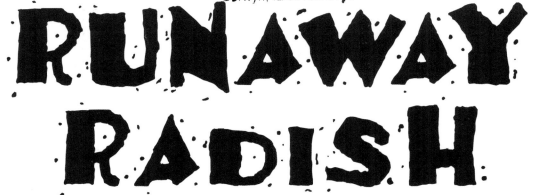

EL RÁBANO QUE ESCAPÓ

Written by/Escrito por Janice Levy

Illustrated by/Ilustrado por Sydney Wright

Raven Tree Press
A Division of Delta Systems Co., Inc.
www.raventreepress.com

To Rick, always in my heart. J. L.
For Joe, as always, S. W.

Levy, Janice.

Runaway Radish / written by Janice Levy; illustrated by Sydney Wright; translated by
Eida de la Vega = El rábano que escapó / escrito por Janice Levy; ilustrado por Sydney Wright;
traducción al español de Eida de la Vega. – 1 ed. – McHenry, IL ; Raven Tree Press, 2008.

p. : cm.

Bilingual Edition
ISBN 978–1932748–82–6 hardcover
ISBN 978–1932748–83–3 paperback

English Edition
ISBN 978–1934960–01–1 hardcover
ISBN 978–1934960–02–8 paperback

Spanish Edition
ISBN 978–09794462–9–0 hardcover
ISBN 978–1934960–00–4 paperback

SUMMARY: It's the Night of the Radishes and don Pedro wants to carve the best
radish sculpture in town. But one radish won't cooperate. The Night of the Radishes
is an annual festival held on the evening of December 23rd in Oaxaca, Mexico.

Audience: pre–K to 3rd grade.
Bilingual text in both English and Spanish, English–only and Spanish–only formats.

1. Holidays and Festivals/Other non–religious—Juvenile fiction. 2. Bilingual books.
3. Picture books for children. 4. [Spanish language materials—Bilingual. I. Illus.
Sydney Wright. II. Title. III. El rábano que escapó.

Library of Congress Control Number 2008920932

Printed in Taiwan
10 9 8 7 6 5 4 3 2 1
first edition

It was almost The Night of the Radishes.
Don Pedro was in the kitchen sharpening his knife.
"I'm going to carve the best radish sculptures in town,"
he said. "This year I'll win first prize."

Se acercaba la noche de los rábanos.
Don Pedro estaba en la cocina afilando el cuchillo.
—Voy a tallar las mejores esculturas en rábano del pueblo
—dijo—. Este año ganaré el primer premio.

Don Pedro whittled and chiseled.
He sprayed the radishes with water so they wouldn't dry out.

Don Pedro esculpía y cincelaba.
Remojaba los rábanos para que no se secaran.

Hours went by and the radishes turned into
knights, horses and a castle with a throne.

◎◎◎◎◎◎◎◎◎

Las horas pasaban y los rábanos se convertían en
caballeros, caballos y un castillo con un trono.

There was only one lumpy radish left.
Suddenly, the radish jumped out of
don Pedro's hand and landed on the floor.

◎◎◎◎◎◎◎◎◎◎

Sólo quedaba por tallar un tosco rábano.
De repente, el rábano saltó de las manos
de don Pedro y aterrizó en el suelo.

6

It rolled out the door, singing,
"Places to go, people to see.
Out of my way, you can't carve ME!"

Salió rodando por la puerta, cantando:
—Gentes y lugares voy a visitar.
Aléjate de mí, ¡no me vas a tallar!

7

Don Pedro threw up his hands.
"Stop, radish, stop!" But the radish didn't stop.
It bounced away, looking for action.

Don Pedro dijo levantando los brazos:

—¡Detente, rábano, detente!

Pero el rábano no se detuvo.
Se alejó rebotando, en busca de acción.

The radish zigzagged down the cobblestone street.
It bumped into a burro, knocking a basket off its back.

∞∞∞∞∞∞∞∞∞

El rábano bajó zigzagueando por la calle adoquinada.
Tropezó con un burro y le tumbó una cesta que tenía en el lomo.

9

"Stop, radish, stop!" brayed the burro.

❀❀❀❀❀❀❀❀❀

—¡Detente, rábano, detente!
—rebuznó el burro.

10

But the radish didn't stop. It sang, "Places to go,
people to see. Out of my way, you can't carve ME!"

Pero el rábano no se detuvo, sino que volvió a cantar:
—Gentes y lugares voy a visitar. Aléjate de mí, ¡no me vas a tallar!

So the burro chased the radish and
don Pedro chased the burro.

De modo que el burro persiguió al rábano y
don Pedro persiguió al burro.

The radish skipped into a courtyard,
tripping a band of musicians. The *mariachis*
dropped their trumpets and sang out of tune.
"Stop, radish, stop!" shrieked the mariachis.

El rábano brincó dentro de un patio, donde
tropezó con una banda de músicos. A los mariachis
se les cayeron las trompetas y desafinaron. —¡Detente,
rábano, detente! —chillaron los mariachis.

But the radish didn't stop. It sang, "Places to go,
people to see. Out of my way, you can't carve ME!"

Pero el rábano no se detuvo, sino que volvió a cantar:

—Gentes y lugares voy a visitar.
Aléjate de mí, ¡no me vas a tallar!

So the mariachis chased the radish and the burro
chased the mariachis and don Pedro chased the burro.

Así que los mariachis persiguieron al rábano, el burro
persiguió a los mariachis y don Pedro persiguió al burro.

The radish tumbled by,
trampling tortillas in an outdoor café.
The cook fell into her pot of *mole* sauce.

◎◎◎◎◎◎◎◎◎

El rábano rodó por el suelo de un café,
aplastando tortillas a su paso.
La cocinera se cayó dentro
de la olla de salsa de mole.

18

"Stop, radish, stop!" sputtered the cook. But the radish didn't stop. It sang, "Places to go, people to see. Out of my way, you can't carve ME!"

—¡Detente, rábano, detente! —farfulló la cocinera.
Pero el rábano no se detuvo, sino que volvió a cantar:
—Gentes y lugares voy a visitar. Aléjate de mí, ¡no me vas a tallar!

19

So the cook chased the radish and the mariachis chased the cook and the burro chased the mariachis and don Pedro chased the burro.

⊙ ⊙ ⊙ ⊙ ⊙ ⊙ ⊙ ⊙ ⊙ ⊙

Así que la cocinera persiguió al rábano, los mariachis persiguieron a la cocinera, el burro persiguió a los mariachis y don Pedro persiguió al burro.

The radish barreled along, reaching the *mercado*.
It bowled down pottery and cracked a stack of tin mirrors.
"Stop, radish, stop!" yelped the vendor.

El rábano corrió a toda prisa y llegó al mercado.
Derribó cerámica y rompió un montón de espejos de hojalata.
—¡Detente, rábano, detente! —aulló el vendedor.

But the radish didn't stop. It sang,
"Places to go, people to see. Out of my way, you can't carve ME!"

Pero el rábano no se detuvo, sino que volvió a cantar:
—Gentes y lugares voy a visitar. Aléjate de mí, ¡no me vas a tallar!

23

So the vendor chased the radish and the cook chased
the vendor and mariachis chased the cook and the burro
chased the mariachis and don Pedro chased the burro.

Así que el vendedor persiguió al rábano, la cocinera persiguió
al vendedor, los mariachis persiguieron a la cocinera, el burro
persiguió a los mariachis y don Pedro persiguió al burro.

25

The radish huffed and puffed.
All this rocking and rolling and jumping and bumping was tiring.

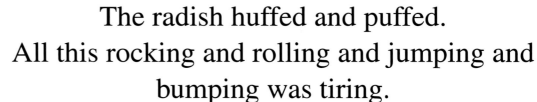

El rábano bufaba y resoplaba.
Tanto tambalearse, rodar, saltar y tropezar lo cansaban mucho.

26

"Stop, radish, stop!" cried the mariachis and the burro and don Pedro. "You'll get so worn and torn, so dry and stiff you'll fall apart."

◎◎◎◎◎◎◎◎◎

—¡Detente, rábano, detente! —gritaban los mariachis, el burro y don Pedro—. Te pondrás tan desgastado, desgarrado, seco y tieso que te harás pedazos.

27

The radish stopped moving long enough to catch its breath—
and just long enough for don Pedro to scoop it up and put it in his sack.

El rábano se detuvo un momento para recuperar el aliento,
y a don Pedro le dio tiempo a atraparlo y ponerlo en el saco.

Everyone followed don Pedro back to his kitchen.
They watched as he sprayed and carved the radish into a queen
with a crown and running shoes—and a very big mouth.

Todos regresaron a la cocina de don Pedro. Allí miraron mientras
él rociaba el rábano con agua y lo tallaba hasta formar una reina
con una corona, zapatos deportivos y una boca enorme.

At the contest don Pedro took first prize.
He shared the prize money
with all his friends.

Don Pedro se llevó el primer premio del concurso.
Compartió el dinero con todos sus amigos.

The cook made dinner, the mariachis showed off
their new sombreros and the burro got a haircut.
That night don Pedro fell asleep, happily dreaming.

La cocinera preparó la comida, los mariachis exhibieron
sus sombreros nuevos y al burro le cortaron el pelo.
Esa noche, cuando don Pedro se quedó dormido, tuvo sueños felices.

31

And the Queen? Well, she dried up and was thrown away.
Because after all…radishes don't last forever.

๑๑๑๑๑๑๑๑๑

¿Y la reina? Bueno, se secó y la tiraron a la basura.
Porque después de todo… los rábanos no duran para siempre.

Vocabulary / Vocabulario		Vocabulary / Vocabulario	
radish	el rábano	street	la calle
kitchen	la cocina	basket	la cesta
knife	el cuchillo	musicians	los mariachis
castle	el castillo	market	el mercado
floor	el suelo	queen	la reina
door	la puerta	crown	la corona
stop	detener(se)	carve	tallar